아름다운 빈축

천년의시 0174 아름다운 빈축

1판 1쇄 펴낸날 2026년 3월 31일

지은이 안정훈
펴낸이 이재무
기획위원 김춘식, 유성호, 임지연, 차성환, 홍용희
편집 이호석, 박현승
편집디자인 김지안, 장수경
펴낸곳 (주)천년의시작
등록번호 제301-2012-033호
등록일자 2006년 1월 10일
주소 (03132) 서울시 종로구 삼일대로32길 36 운현신화타워 502호
전화 02-723-8668
팩스 02-723-8630
블로그 blog.naver.com/poemsijak
이메일 poemsijak@hanmail.net

ⓒ안정훈, 2026, printed in Seoul, Korea

ISBN 978-89-6021-847-5 04810
　　　978-89-6021-105-6 (세트)

값 11,000원

아름다운 빈축

안정훈

천년의 시작

시인의 말

시인의 말이

따로

어디에 있겠는가?

부족함을 알면서도

시를 썼다

시답지 않게

차 례

시인의 말

제1부 길을 묻지 않아도

제3부 우리 소래산에 갈까요?

제1부　길을 묻지 않아도

풀의 생존법

어린 풀들이
철들기 전에 눈을 맞추네

들킬세라
인간들이 오기 전에

무서움 속
빨리 배운 사랑

태풍 부는 날

굴비처럼
엮여 있는 배들

오늘은
물고기들이
편히 자겠구나

밥그릇 용돈

도둑질하지 마라
밥그릇에 돈을 넣어 주신다

먹고사는 게
밥숟가락 드는 일이므로

밥뚜껑 여는 손이 예쁘다

모란에 잠들다

하세월
꽃 찾으려 다니시다가
무에 그리 취하셨는지
꽃봉오리에 잠이 드셨네

아무 걸림 없이
몸도 마음도 내려놓으시고
비로소 활짝 핀,
화옥華屋 한 채 얻으셨네

그냥 사는 게 삶이라면

살아 있는 것을
다 예뻐하라

오죽하면
희랑대사가
가슴에 구멍을 냈겠는가

잃어버린 얼굴로
어제의 옷을 입고
오늘을 살고 있는 당신

희랑대에 가면
늙지 않는 천년
참나를 만날 수 있다네

落에서 樂으로

마지막은 노을이었다

神을 찾지 않았다
수절과부로 사셨던
어머님에게 속죄하였고
아내에게 눈물을 보였다
어린 아들의 부축을 받으면서
마당에서 뒤란으로
꽃 위에 앉아 있는 안부를 물었다

그의 삶이
아들에게로 갔다

봄비

내리는 비를
배롱나무에 묶어놓고
실컷 꽃구경 하라고 당부하고
미운瀰芸집 구멍가게에 들러서
오늘은 무슨 날일까
궁리하면서
막걸리에 육포를 가지고
배롱나무 아래 판을 벌렸다
소문난 잔치도 아닌데
마음 고운 햇살을 물고
개미가 줄지어 찾아온다

나무젓가락

한몸이었을 때 몰랐네

서로에게
불편하고
아무 쓸모없는 것이라고

찢어지고
쪼개지고
갈라설 때까지

둘이
한 방향으로
한곳을 잡을 때

모든 것이
함께라는 것을

석류

기다려 봐
입을 열 때까지

그때까지
눈을 감고 나를 생각해 봐

살며시
혀끝에 구르는
말 한마디는 나를 주고

나는 너에게
사리舍利처럼
영롱한 마음을 주리라

오이도에 가면 빨강등대가 있다

너를 만나러 갈 때는
마음 하나 더 챙겨서 간다
섬은 사라지고 이름만 남아
갯옷에 물고기를 잡고
조개를 캐던 사람들도
휘발성 삶으로 살다 떠나갔지만
언제나 그 자리에 변치 않는 언약
담을 수 없는 불치의 그리움만 남았다
오이도에 가면
등대를 닮은 사람들이 있다

몸이 자꾸 나를 멀리할 때

무섭다
감추지 않고 드러내는 눈부심이

두렵다
간직하고 싶지 않은 기억만 남겨 놓았으므로

아득하다
한 번도 살아오지 않은 미래처럼,

나의 과거가
몸속으로 사라졌다

내 것이면서도
내 것이 아닌 몸 몸 몸

누가 나를 버리고 갔으면 좋겠다

가끔 하늘을 보면
해가 왜 붉은지 아는 사람은 드물다
하늘이 있어도
하늘이 있는 줄도 모르는 사람이 많다
세수를 하면서도
빨래를 하면서도
입안에 가득 들어있는 욕
내뱉어도 끝없이 쏟아져 나온다
오늘은 도마 위 생선처럼
내가 누워 있다
비늘을 벗기고
칼집을 내고
끓였다가 튀기다가 굽다가
누가
나를 버리고 갔으면 좋겠다
다시는 안 볼래
지상에서 내가 찾아낸 말은
대체로 부정적이나
이 말은 나에게 약 같은 말이다
난 네가 필요 없단다

정말 이 말은 하고 싶지 않았다

회화나무

회화나무 두 그루
나란히 마주하지도 못하고
제 살을 파먹으면서
근육질의 몸이
허허롭게 속을 보여준다

선비가 걸어가던 길
선비가 관을 매고
누울 자리에 목을 내놓고
처연한 몸짓에 입이 얼어버린 길

서원은 사라지고
터만 남은 곳에
글을 배운 회화나무
허공에 푸른 잎으로
무엇을 적고 있는가

부질없어라
부침浮沈한 벼슬길에
부초浮草 같은 글

배워서 무엇에 쓸 일이 있을까

계절에 익숙하지 않는
낙엽이 지상을 흩뜨려 놓으면
저것은 무엇이 돼도
될 것 같은

바람의 손질법

갈 때까지 간다는 갈대와
억수로 기가 센
바람의 내상內傷까지 따뜻하게
읽어 내려 가다가
그만 정들어 그곳에 산다는
억세고 억세서 억새는
바람을 달래주려고
멀리 마실 간 바람을 쫓아서라도
도린곁까지 따라 간다는데
날 좋고 볕 좋은 날에도
무녀리같이 하늘하늘거리며
산다는데
억새의 살찐 흔들림에 반해서
숫눈 같은 배꼽 위를 걸어가면서도
억새를 갈대라고 여기며 살아온
시불출詩不出도 있었다네

제2부　　우리 함께 살아요

오징어

미끼 없이 잡는 게
오징어라는데
제 살을 되게 아껴
낚싯바늘에 살짝만 걸려도
따라 나온다는데
그 많은 다리 하나
게처럼 떼어줄 수도 있을 것 같은데
집어등 불빛에 모여들기도 하고
예민한 피부탓에
기꺼이 온몸을 던진다는데
그래도 배운 것이 있는지
머리에 먹물이 가득
죽어서도 제 몸 추스르지 못하고
무슨 전생의 업이 그리 큰지
꿰이고 난도질당하고
그 모진 삶이 묻어나온다
살이 무엇인지
살 때문에 죽어 가는
오징어를 본다

지렁이

갈필渴筆로 쓴 글씨가
비가 내리자
검은 먹물이 빠지고
제법 선분홍 살이 올랐다

땅속을 나와
죽음도 아름다운 주검이라는 것을
수천 마리 지렁이들이
세상에 남길
한 마디 한 글자를 길 위에 쓴다

한 마리 한 마리가 모여서
해독할 수 없는 노경路經이다

보아라!

사는 길을 묻지 않아도
따뜻한지 차가운지
비가 그치면
수만 마리 개미들을 위해

뼈도 없는 저,
연약한 삶을 내려놓는다

장엄한 화장세계華藏世界
티 없는 열반이다

닭 한 마리

차선 없는 길
길 따라 미루나무가 심어져 있다
볼품없이 빨리 자란다고
애꿎게 먼지만 덮어쓴다
이른 아침 학교 가는 길
논둑길로 산길로 가다보면
동네 어른 뵙기가 그래서
신작로를 걸어가는데
신나게 따라오는 돌들의 시끄러운 소리
뽀얀 먼지 속 닭장차가 지나가며
자갈돌이 날아와 복사뼈에 부딪혔다
눈물 쏙 빼놓고 가는 뒤꽁무니에
욕 한 바가지 쏟아 놓는데
툭, 닭 한 마리가 떨어진다
절뚝거리며 불러도
차는 덜컹거리며 달린다
닭은 어안이 벙벙한지 도망도 못 간다
닭을 들고 학교 대신 집으로 갔다
어차피 학교에 가도
뭘 배우는지 모른다

그 닭은 우리 집에 와서
더 오래 살다 갔다

복사뼈는 복숭아처럼 익어 가는데
자갈길 미루나무
사람도 없는 그 길에
아버지도 어머니도
산 하나를 품고 사신다

쥐들도 잠을 잊은 밤

밤이면
사랑채에 비가 내린다

천장에
찌이찍 찍찍 바스락
번개가 치고
천둥이 치고
노모의 밤이 짧아진다

밤이면 아픈 무릎이
잠들지 못하는
저 서생들 때문에
밤새 우당탕

천장이 무너지고
쥐똥 몇 말이 쏟아져 내려
사람을 불러 치우고 수리하는데
꼬박 하루가 걸렸다고 한다

그러고 보니

어머니가 주무신 사랑채 천장이
쥐들의 화장실이었다

어디에든 구멍은 있다
다 털어 막아도
또 비가 내리는 소리
이래저래 잠을 훔쳐가는 것들
덩달아
어머니의 무릎도 잠을 잊었는가 보다
신음소리가
달 넘어가듯이 들린다

이왕이면
어머니의 나이도
갉아주면 좋겠다

쥐의 눈에서 봄을 읽는다

억새 위에 쐐기풀 위에
개개비 둥지처럼
들쥐는 집을 짓고
새끼를 낳는다

가냘픈 풀로 둘러싸여
뱀도 둥지를 오르지 못한다

그곳을 드나드는 것은
어미쥐와 아빠쥐
쥐꼬리에 묻어온 바람을
새끼에게 덮어준다

아직 눈도 뜨지 못한
속이 들여다보이는 붉은 살갗
두 손을 꼭 쥐고
웅크린 모습이
엄마의 품속에 잠든
아기의 모습이다

어미쥐가 먹이를 구하러 갈 때
어린 새끼의 잠을 재우는 바람
살랑살랑 풀을 흔들어 준다

때에 따라 가려진 풀잎이 입을 벌리면
따스한 햇볕이
감겨진 눈을 살포시 만져준다

새끼 기지개에
화들짝 놀란 햇살이
저만치 돌아서면
배를 채운 어미쥐가
젖을 물리려 돌아온다
눈을 달고 살면서도
귀가 더 요긴하다

네 발은 언제나 뛸 준비가 되어 있다
이 평온을 시기하는
서로의 경계

노루는 산을 보고

이른 봄날
메마른 풀잎 위에 누운
검은 돌담이 바람을 달래고 있는
양지바른 무덤에
노루가 살기위해 풀을 뜯는다

배고픔은 무서움도 이기는지
사람이 다가가도
젖은 눈빛으로 바라보다가
이내 허겁지겁 풀을 먹는다

무덤이 내놓은
성긴 풀들이
마지막 성찬이 아니기를
나는 얼마나 빌었던가

살찐 햇살같이
포동포동 윤기 나는
눈부신 너의 몸을 보고 싶다

네 발로
딛는 곳이 푸신푸신한
연인의 속살같이
따듯하고 황홀한 땅이기를

노루여
나를 원망하라

너를
자책하기에는
세상이
생각조차 주지 않는다

얼룩말

사막에도 풀이 자란다
이봐요
그게 아니잖아요

풀이 없으면 얼룩말은 있나요
풀은 어디서 행복을 찾지

사자가 다가온다
네가 좋아서 오겠니
뛰어봤자 얼룩말
제발 날아라

어떤 색도
둘러싸고 있는 어떤 색깔도
날카로운 이빨 앞에
죽음보다 빠른 명분은 없다
무늬만 아름다운 껍데기는
내 몸을 밥으로 만드는 것일 뿐

흰 바탕에 검은색인지

검은 바탕에 흰색인지
얼룩말은
희고 검은 것과
검고 흰 것을
관심도 없는 것인지
모르는 것인지
천형이 되어 버린
검고 흰 것을

그것이 어디 얼룩말뿐이더냐
사자는 색깔에 마음을 두지 않는다
여리고 병든
무리에 낙오된 이탈된 놈만 쫓는다
풀과 나무에 버림받은 색깔
죽기살기로 뛰면서도
그 색이 사자의 눈을 빛나게 한다는 것을
한 놈이 사자의 입을 즐겁게 할 때까지
이리저리 앞만 보며 달려야 한다
가끔 뒷다리로 뻗어 보지만
그것은 사자의 배가 부를 때까지

동료의 죽음을 음미할 때 하는 짓이다

색깔에 사로잡혀
지면을 미친듯이 달리는
지상을 제집처럼 뛰어다니는
얼룩말들을 본다

뛰다보면
알겠지

제정신이 아니란 것을

새벽 공원

신호등이 눈을 비비는 새벽 공원
길을 따라 군데군데 미끈한 예닐곱 소나무들
올봄에 태어났는지 참새 유조들이
잔디밭에 앉아 초목의 말을 배운다
이것저것 배울 게 많은 세상
궁금한 게 많을수록
공원은 분주한 소리들로 말랑거린다
참새들은 어디서 잠을 잘까
기왓장 밑 초가집 이엉 속에서
옛집은 정도 많은데
요즘 국적불명 집들은
매몰차게 굳어버린 표정으로
새들의 접근을 뿌리치고 있다
가만히 보니
신호등 뚫어진 구멍 속으로 드나들곤 한다
개와 고양이와 뱀으로부터 지켜주는 집이 되었다
붕정만리 신호등 없는 하늘에
철조망이 국경 따라 처져 있다면
저렇듯 야단법석 유조 소리
파릇파릇하게 자라지 못했을 것이다

죽어서도

같이 모여서 떠도는

긴 다리를 펼치고

날고 싶은 걸까

걷고 싶은 걸까

보듬어가며

가라앉지도

잠기지도 않는

집 없는 집이다

아픈 등을 토닥이면서

주검들이 모여서

서로의 무덤이 되어 준다

착각

개집인 줄 알았는데
줄무늬 새끼 고양이가 있네

개도 아닌데
목줄에 방울도 달려 있네

방울을 잠재우려면
자신도 자야 하네

주인을 지켜주기 위해
개처럼 짖을 필요도 없네

팔없는 은행나무 아래서
한여름이 고양이를 들볶고 있네

검은 개집에 하얀 페인트로
"우리 함께 살아요."

죽은 듯이 고양이가
大자로 누워 있네

집에 오는 내내
온통 고양이 생각뿐이네

우리가 다시 만나면

봉당에 앉아 마당을 본다
작은 텃밭을 본다
허리구름이 심심파적
어깃장을 놓는다
산에 나무들과 빨랫줄에 걸린 옷들이
분주히 내통 중이다
진득이 바라보는 나에게
빨래 안 걷고 뭐 하느냐고
어린 청개구리가 봉당으로 뛰어오른다
작달비를 피해
부추 밭에 부전나비도
길을 은퇴한 어머님의 털신 위에 앉아
무더위에 물먹은 잔몽殘夢들을 널고 있다
기와지붕 위에
호기심 많은 풀들이 하루가 다르게 자라고
방마다 벽마다 문마다
손가락 무늬에 학수고대 삽짝을 살핀다
하루가 멀다 하고
문지방 닳도록 넘나들었던 그 많은 발자국들
주인들은 어디로 갔나

잔뜩 참고 참았던 잔무늬들이 아른거리면
데려오고 싶은 그 마음을 알았는지
내려 올 기미도 없던 거미가
처마 밑으로 내려온다
개구리와 나와 부전나비가
거미가 내려주는 줄을 타고
빗속으로 들어간다

비가 내리고

비가 너무 많이 쌓여서
여기저기 비를 가져가라고 난리다

벼락이라도 친다면
천둥도 고래고래 소리 질러서 사람을
놀라게 할 것이다
저들도 미안한 것인지
오늘은 잠잠하다

단단히 무엇에 삐졌는지
하늘은 며칠째 심술을 부린다

집에 나이 먹은 냉장고는 아프다고
모른 척 소리마저 외면했더니
기어이 소화시키지 못한 음식물들이
흐느적거리며 녹아내렸다

음식 재료들이 아깝다고
아껴서 썩어나가는 것을 치우면서

아내는 연신 투덜거린다
내가 그랬지
남 주는 것은 아깝지 않은데
버리는 음식은 죄악이라고

고칠까 말까
난 신경을 쓰지 않았는데
새로 사기로 했다
어느 회사 어느 제품을 살까
딸아이와 머리를 맞대고 있다

비도 내리고
비를 맞으며 걷고 싶었다

오늘 로또 마지막 날
벼락을 꿈꿀 때
가끔 한 번씩 구입한다

길을 가다가 노랑 길고양이
얼마나 굶었는지

제대로 걷지도 못하고 사람을 봐도
도망갈 힘도 없다

이 고양이가 벼락 맞은 로또였다
로또 살 돈으로
고양이 사료를 샀다

비가 내리고
이 빗물이 살아가는 생명들의 눈물 같았다

세상에 관여하지 않는 신이 미워졌다
지금이 천국이고
지금이 지옥인
두 세계가 함께 동행하는 세계에
살아 있어서
오늘이 천국이면 좋겠다

개와 동침

개들도 따뜻한 것
시원한 곳을 가릴 줄 안다
목줄에 묶여 긴 혀를 내밀던
시골 개가 떠오른다
안방에서 낮잠을 즐기는 나
집에 키우는 반려견 누리와
서로 시원한 곳을 선점하기 위해
눈치를 본다
내가 누우면 다가와 얼굴을 핥는다
나보고 비키라고

베게는 누리에게 침대다
못 본 척 눈을 감고
돌아서면 손으로 머리를 긁는다
그래도 모른 척 하면
얼굴에 콧바람을 분다
누가 사람인지 개인지
헷갈리는 우리 집 복덩어리 누리

개도 꿈을 꾼다

눈도 뜨기 전에
팔려온 강아지

개도 꿈을 꾼다

자면서 끙끙거린다
어딘가 아픈가
걱정했더니 꿈을 꾸고 있다

혹여
잠을 깰까
개가 자는 쪽으로 귀를 보낸다

한 번도 본 적이 없는
어미의 체온이 그리운지
꿈속에서 어미를 만났는지
가늘게 끙끙거리는 개

얼마나 지났는지
몸을 비틀며 젖은 눈으로

사방을 둘러본다
눈길 보내며 다가가 살며시 안아준다
내 품에 머리를 밀어 놓고
다시 잠드는 개

개의 몸이 뜨겁게
나를 위로한다

뿔의 용도

뿔을 어디에 써 먹으려고 달고 다니는지
장식도 그런 장식이 없다

감출 수도 없고
정말 쓸모가 없는 뿔이란 말인가

말해주었지
천성이 착해서 소는 말을 듣지 않는다

도살장에 끌려가면서
암소가 뿔의 용도를 알았다

소를 몰던 인부가 뿔에 받쳤다
산으로 도망쳤지만 사람들에게 잡혀왔다

죽기 전에 죽도록
뛰어다니고 싶었던 산이었다

붙잡혀 오는 도중에
산비탈에 몇 번을 굴렀다

두고 온

새끼도 어미도

눈물 나는 일만 생겼다

그곳에도 새가 사네

강남 비싼 땅에
감나무 한 그루
아파트와 같이 늙어 가네
동갑내기 아파트가
20층 높이로 자라는 동안
몸값이 천정부지로 오르는 동안
이제 지쳤다
3층에서 머문 감나무
해마다 탐스런 감을 올려도
누구 하나 눈독 들이지 않네
때깔 좋은 것은 사람만 아니다
텃새 까치도 매양이다
높이 날지 않으면 부딪혀서 죽는
난잡하고 번잡한 도시에
그곳에도 새가 사네
추운 날 직박구리 감에 입을 대네
금슬이 좋아 혼자 먹지 않네
온 식구들이 식사하는 동안
눈시울 붉어지는 하늘
감나무는 옷고름 풀어놓고

하늘 아래 풍찬노숙하는 새들에게
젖을 물리고 있네

한여름 그렇게 그들은 떠났다

8월에도

담장 밖을 나오지 못하고

짙붉게 들뜬 능소화

파랗게 질려있는 라일락

꽃은 지고 없는데

다섯 갈래 씨방이 입을 다문 모란

정자 위 산기슭 느티나무들 사이에

노랗게 꽃을 피운 나무

시골 늙은이들도

아무도 그 나무의 이름을 모른다

밥이 되지 않는 것은 그저 꽃이고

국이나 전으로 먹을 수 없는 것은 그저 풀이다

먹을 수 있는 것만 이름을 가졌다

집에서 키우는 것은

모두 돈이 되어야 하고

보양식으로 먹을 수 있어야 한다

감나무에 묶인 소

쇠말뚝에 묶인 개

나무말뚝에 묶인 염소

이웃집에 딸네들이 내려왔다

왈짝지껄 이틀 밤이 지나고
개는 목청을 앞산에 버려두고
염소는 말뚝만 남겨 놓았다
밤새 어린 새끼가 음메 음메
슬픈 눈을 가진 것들은 별이 되었다
지상에 남은 포만감으로
이빨에 낀 살점마저 가만히 놔두지 않는다
이쑤시개로 마지막 통점까지 찔러댄다
무간지옥 열차는 쉬지 않고 달린다
인간 외에 아무도 탑승할 수 없다

살아라, 살구야!

이것은 비누다

세수를 한다는 것은
찾아오는 인연에 대한 배려

살아 있으니
걱정 아닌 걱정을 하는구나

누가 말했니?
살구는 비누라고

살구는
수건이 될 수 없다고

씻으면
나의 몸은 사라지고
비로소 너의 몸이 된다

살구야!
우린 왜,

돌연변이가 안 될까?

단호박

호박이 단호박을 보내왔다
호박도 단호박도 고왔다
찔러도 피 한 방울도 없는 호박이
마음은 여려터졌다
서로 못났다고 놀려도
옹골차게 속이 익었다
보내온 단호박도
쪄서 먹어도 맛있다고 하기에
달콤하게 달달하게
완숙으로 가고 있다

이제
먹기만 하면 된다

다국적 이발관

싼 맛에 왔지
다국적 이발관
그 흔한 그림도 없이
덩그러니 소파만 놓여 있는
면도 없이 머리조차 감을 수 없는
그러면 그렇지 하면서도
쓱 훑어보고는
쓱쓱 금방 뭐가 지나가는
이내 머리카락을 털어 내고
소파에 앉아 한국어로 말하는
다인종 다국가 사람들
비슷한 머리 모양
손으로 머리를 만져 보면서
같은 말을 건네도
그냥 웃기만 하면
마음이 통하는
여기는 다국적 이발관

제3부　우리 소래산에 갈까요?

손을 놓았을 뿐인데

다리난간에 머뭇거리는 가마우지
기자와 카메라맨은 기대에 찬 호기심으로
자존심을 살짝 건드려본다

무거울 수록 가벼워지는 집착
휘청이며 나풀거리는 망상

손을 놓았는지
마음을 놓쳤는지

찰나의 비행외출

잘 포장된 수면 속으로
쉼없이 뛰어다니는 활자들

세상은 눈치가 없다

죽지 못해 산다는
사내를 알고 있다

외아들은
물고기들과 노느라
집에 돌아오지 않는다

사내는 눈물이 없어
웃고 다닌다

낮에는 순한 양이었고
밤이 되면 부엉이가 되었다

그의 아내는 술만 마시면
고함치며 욕을 한다

모질게 오래 산다고
물귀신은 뭐 하냐고

술이 깨면

언제 그랬냐고
나란히 사이좋게 다닌다

물가에 노는 아이가
돌아올 때까지

길을 걷다가

부글부글 끓는 염천炎天
간수에 두부가 엉기듯이
온몸에 땀이 송골송골 맺힌다

도로 벚나무 아래
버려진 칠순잔치 사진 속에
한복을 곱게 차려 입고
환한 얼굴로 있다

남편 대신 아들딸
사위 손주들
1990년이 걸어 나온다
빛바래지 않고
웃음도 늙지 않은 채
주인공인 할머니도
오늘은 새색시 같다

지금은 2023년의 여름
그 할머니는
오늘처럼 온 가족을 데리고 나와

그늘에 쉬어가면서
웃고 계실까

그 많은 자식들 중에
누가 슬그머니
쓰레기 더미에
온 식구들의 웃음을 팔았을까

저 사진 하나
걸어 두고 기댈 벽도 없는지

그림이 될 수 없는 사진
그 사진을 외면한 채
버스를 타기 위해
정류장으로 걸어갔다

환하게 웃고 있는 할머니는
어느행 버스를 탔을까
아픔이 없는 그곳에도
벚꽃 그늘이 있는지

사진 속 오늘같이

부디 행복 하시기를

民草

힘 빠진 해가 고갯마루에서
숨을 헐떡일 때
밭 언저리 붉나무마다
박쥐들이 땅을 내려다보고 있다
근동 굴에서 추방된 것일까
추운 어둠이 짙어 갈수록
박쥐의 날개는 더욱 분주하리

처마는 슬픔의 종착지
한뎃잠에도 살이 찌는 고드름
그 아픔이 송곳처럼 날카롭다
저것이 죽창보다 무섭다는 것을
고드름을 깨물어 먹는
사내의 등을 보고 알았다

고맙다는 말을 하지 못했다

지금 익숙한 곳을 지나간다

집과 산과 개천을 따라
낯설은 것은 사람뿐

길을 묻지 않아도
갈 곳이 있고
물어봐도 답해 줄 사람은 없다

알든 모르든
가끔 헤매는 사람은 있어도
모두들
하늘을 잊고 산 지 오래다

온통 모르는 사람만 사는 세상

안다고 해도
어쩌라고 하는 사람뿐
입에 갇혀 살기 싫었다

외출은 길지 않았고
외박은 거짓말이 되었다

빛나는 옷을 입고
구두 속에 발을 숨겼다

온전한 두 발로 걸을 때까지
나를 돌봐 준 사람들은
모두 산으로 갔다

나는 사람에게로 가고 있다

그냥
웃어도 좋을 사람을 만나기 위해

설잠*

무량하다 못해 무심한 설잠이
죽은 날들을 헤아려 본다

살아서도 죽어서도
무서울 게 없으니

살아서 바라 볼 얼굴
무량사에 남겨 놓고
몸은 사리로 부도에 들었네

반승반유의 삶
미친들 미쳤다고 하지 않고
미쳤다고 한들
변한 것도 얻을 것도 없는 세상

떠나지 않기로 했다
더 이상 걸을 수 없을 때
여기에 천 년을 쌓아서

찾아오는 사람들에게 묻고 싶다

당신이 사는 세상에도
사람들은 두 발로 걷고 있는지

* 설잠(雪岑): 김시습의 호

그가 왔다

그가 왔다
30년의 이야깃거리를 가지고
아무도 울어 주지 않았다
눈물이 많은 사람들은
그가 오기도 전에
지옥이라도 갔을 것이다
그는 자기가 울 만큼의 눈물을 가지고 왔다
혼자 울었고
함께 살았던 늙은 누이가
인사치레 안부를 물었다
입은 열리지 않았고
죽은 마누라 무덤에서
새로 데리고 온 여자를 인사시켰다
왜 죽었는지, 아는 사람은
자신밖에 모른다
그는 떠날 것이고 떠나갔다
이틀치의 슬픈 추억거리만 남겨 놓고
여자의 손을 잡고 떠나갔다

조강지처의 무덤에서는

마을이 보이지 않았다

못

알고 보니 못이었다
그놈이
생각을 가졌다는 게 문제였다

날카로운 부분을 숨기고
머리에 흔적도 남기지 않았다

그때부터 집요하게 파고들었다
빠지지도 않았다

모습을 드러냈을 때
불안정한 위로가
어떤 슬픔을 가질 거냐고 물었다

다시 볼 수 없는 것은
말이 없었다

현란한 입들이 그를 대신해
화려한 말솜씨를 늘어놓았다

놈을 죽이는 방법은
세월밖에 없다

죽을 때까지
우리는 그놈을 보살펴야 했다

죽은 자는 말이 없고
그놈은 말하는 사람을 먹여 살렸다

법이 화장실 휴지처럼
저렇게 술술 풀리는지 몰랐다

이제 봄이다

형님 입에서 철쭉꽃이 핀다
아침에서 아침까지
그 사이에
무수히 많은 꽃들이 피었다
입 밖으로 쏟아지는
꺾어지지 않는 대책 없는 꽃
몸속에서 눈물로 자라는
메마른 저 몰골에
저렇게 붉은 꽃이라니
꽃 앞에 식구들은
여러 갈래 부숭부숭한
한풍을 튼다
수건에 피어나는
팔리지 않는 비릿한 저 꽃들
늙으신 어머님 걱정에
식음을 전폐하고
누워서 몇 년
문밖에서 지켜봐 주던
산이 고마워
밤낮으로 그려 놓은 꽃을

산에 놓아드렸다

이제
봄이다

사람이 자리다

산에 외따로 자라는
깔깔 깔털 복숭아나무
봄이면
유독 눈에 띤다
엄지만 한 까칠까칠한 털복숭아
속은 대부분 씨앗
얇은 살은
벌레에게 양보하고
먹을 것도 없는 복숭아를
누이들이 좋아했네
불빛 없는 깜깜한 사랑방에 모여
아작아작 씹어 먹던
그 속에 벌레까지 먹으면
얼굴이 예뻐진다고
얼굴이라도 고와야
시집이라도 잘 간다고
초승달 같은 주린 배
서로들 입이 무서운 그 시절
그때는 그랬지
한 입 덜기 위해

객지로 돈벌이하러 떠나고
시집가고
한 마실 태어나서
서로들 안부 끊긴 마을
양지바른 산기슭
노부부만 무덤으로 남아
허물어가는 집을 내려다보고 있네

수건

머리를 감고 세수를 끝내고

무심결에 수건 한 장 꺼내 들었다

어딘지 낯설면서 낯이 익은

분명 평소 썼던 수건이 아니다

집 수건에는 하나하나 문양과 날짜들이 찍혀있다

기념일마다 받아온 각양각색의 수건들

이 수건에는 아무런 표식이 없다

갑작스레 병원에 입원하셔서

그때 장만한 것 같다

누워 계실 때 어머님을 구석구석

살뜰히 닦아주며 눈물마저 받아주었을 수건

할 말을 잊어 거울을 보니

아무리 닦아도 젖어 있는 얼굴

오늘 하루 어떻게 보낼지

쉽게 문을 열지 못한다

모딜리아니[*]

평생 그림을 그렸지만

생계를 유지할 수도

명성도 얻지 못했다

닭 한 마리 값도 안 되는

그의 그림은 그가 죽자

끝없이 높이 날아올랐고

사랑했던 연인은 만삭의 몸으로

가난과 그리움에 몸을 던졌다

죽어서야 비로소

그들은 一家를 이루었다

* 아메데오 모딜리아니(1884~1920): 폐병으로 젊은 나이에 요절. 잔느
  에뷰테른 그녀는 모딜리아니가 죽자 만삭의 몸으로 투신 자살함.

손목시계

땀과 먼지를
손목 위에 올려놓지 않았다

소중한 날에만
시간을 가지고 다녀셨다

자식들 결혼식 날
사진 속에 남아 있는 손목시계
시간도 버려지고
녹이 쓴다는 것을 알았다

장롱 서랍 속에서
유리를 부수고 나온 시간들
바람 잃은 풍향계처럼
분침은 어디로 갈지 방향을 잃었다

이제 필요하지 않는
아버지의 시간들이
나에게로 왔다

얼굴에 겹쳐서

새로운 이정표가 되었다

깊음도 오래되니 눈물이다

올라갈 수도
내려갈 수도
떨어져도 소리 없는 것들은
한 번도 남의 눈물을 가지지 않았다

하늘이 내려주는 것만 먹고사는
삭히는 것이
일상이 되어버린
푸른 배고픔은
시끄러운 소리를 내지 않는다

산 위에서 마실로
걸어내려오는 물을 따라
너무 조용해서 적막한
그렇게 산에 깃들어도

외로움과 배고픔에
나무도 풀도 돌도 물도
될 수 없는 나에게
산은

아직 세상 더 읽고 난 뒤에
그때 한 몸이 되자고 하네

우리 소래산에 갈까요

소래산으로 입산한 친구는 두 번 다시 땅을 밟지 않았다 싫어서 버린 땅, 그는 땅에 서고 싶지 않았다 혐오하고 얼룩진 그의 마음을 받아준 것은 소래산이었다 이른 새벽일까, 아니면 별들이 졸음에 겨워 잠든 밤일까 옷들이 자리를 비운 빨랫줄 긴장이 풀어진 줄이 팽팽하게 올랐다 세상이 비워지는 시간, 연주를 한다

나는 네가 못 가진 자식을 가졌고
네가 못 가진 짝과 행복하였으니

발을 버리고 날개를 가졌던 친구. 칸나꽃 입술이 내려앉기도 전에 제비꽃이 먼저 탐을 내던 그런 봄날이었다 손에서 일제히 날아오르는 수만 마리의 나비 떼들 사시사철 꽃내음 맡으러, 온 산을 헤매고 다니는 나비가 아니라, 풀이며 나무며 일일이 찾아다니며 세상 노래를 불러 주는 작은 새가 되었으리
덤불 속 가시에도 찔리지 않고, 풀과 풀 사이에도 갇히지 않는 아주 예쁜 새, 두 발을 가진 사람들은 듣지 못하는 하늘을 닮은 눈을 가진 동물들과 날개를 가진 뭇 생명들과 제자리에서 산을 지키는 풀과 나물들만이 들을 수 있으리, 그

노래는 날개가 없으면 닿을 수 없는데, 사람들은 그 노래를
들으러 자꾸 높이높이 산으로 올라가네
　산도 등을 돌리네

　손바닥 위에서 수만 마리 나비로 날아가는
　너를 보았네

동태인간

때가 되면 끓고
때가 되면 식고

사장님 불이 약해여
갈아 주세요

기다려
은근히 끓어야 맛있지

어느 천년에
바꿔 주세요!

흔들어 보더니
얼어서 그래

아, 나는
얼은 채 살았구나

제4부　평온을 시기하는 서로의 경계

헌옷수거함

골목마다 입을 벌리고 한 자리를 차지하는 헌옷수거함 비
휴貔貅같이 먹기만 하고 배설하지 않는 입을 가졌다 입만 벌
리고 있으면 원래 잡식성은 아닌데 사람들이 먹지 못하는
상한 음식까지 먹여 준다 쓰레기통이라고 치부하는 인간들
이 쓰레기를 먹여도 소화시키지 않는 뱃고랑을 가졌다 떨
어지기도 전에 계절이 바뀌었다고 유행이 지났다고 싫증이
났다고 명품이 아니다고 버려지는 각자 사연들이 수거함 속
에서 새로운 꿈을 가진다 구겨지면 펴주고 떨어지면 수선
해주고 각자 새로운 삶을 찾아간다 더 이상 활용도가 없는
옷들은 보루로 팔려 나간다 사람의 더위와 추위와 치부까
지 알면서도 끝까지 말이 없다 헌옷수거함 속에 사람을 닮
은 짐승과 사람 같지 않은 인간들을 넣어 두면 신은 어느 요
일에 수거해 갈까 오늘도 헌옷수거함에는 옷들이 가득하다

늙은 사랑

지하철 안에서
떠드는 소리
애들인 줄 알았는데
낮술에 취한 할머니 할아버지

산에 다녀오시는지
할아버지는 배낭을 메고
할머니는 부츠를 신고
할아버지보다
더 신나게 이야기한다

산에 가기는 갔을까
어느 산에 올라갔을까
남을 의식하지 않고
바라보며 떠들어 대는

할아버지가 내리고
아뿔싸,
할머니는 몇 정거장 더 가는 동안
어디에 전화를 하고

화색이 되어
말끝마다 웃음꽃이 피었다

할머니가 내리자
전철이 소리 내며 달린다

사람 따라 타고 내리는
사랑도 갈아타면서 내리는
목적지 같다

밥이 익어 가는 저녁

어슴푸레 부엌이 분주하다
냉장고가 연신 하품을 한다
온다는 자식들은 오지 않고
전화를 건다
우리 집 전화기는 너무 무뚝뚝하다
늦은 저녁
있는 반찬으로 하루를 반성한다
“밥이 완성되었습니다. 잘 저어 드세요.”
자식보다
더 살가운 밥솥이다
연신 뻐꾹새가
뻐꾹 뻐꾹 뻐꾹 뻐꾹 뻐꾹
이름을 가르쳐 주지 않는
또 다른 새가 울음을 멈추고
남은 숟가락들을
더덜없이 감추고 있다

성냥갑 속의 성냥들

붉은 띠를 두르고
촘촘히 서 있는 성냥개비들

터지듯이 머리를 치켜들고
금방이라도 뛰쳐나올 것 같은
침묵하는 외침들

거리를 걷다보면
성냥개비를 닮은 사람들
부딪치거나 부딪히면

확,

그래도 아직,
난로 같은 마음이 남아 있어
안으로 다독이며
따뜻한 안부를 묻는 사람들

누구를 만나느냐에 따라
사람의 손길에 따라
삶도 아름다운 불꽃이 된다

마늘 까기

몸에 좋은 것은
곰팡이도 아는가 보다

자루에 모여 있는 마늘
육형제가 단단히
뭉쳐 있다

절대로
떨어져서는
못 살 것 같은 우애

더 이상 미룰 수 없는 일
너무 서로를 껴안고 있는 탓일까
품속 열기에
제 몸 썩어가는 줄도 모르고

온 식구가 달라붙어 마늘을 깐다
얼마나 단단하게 붙어있는지

손이 아프다

까고 쪼개고
썩은 부분을 도려내고

이제 누구의 품으로
한 생을 살려 간다

매홀재에 사는 수국

물의 나라에 가고 싶었다

환 숙 자 미 진 훈

예쁘다는 말은 덤이었다

끝내 보여 주지 않았다

모여 살아야 사는 맛이 있다고 했다

혼자가 되고 싶어 몸부림치는 사람 옆으로

사람들은 모여들었고

배경이 되어버린 수국 앞에서

허락 없는 미소를 담아갔다

매홀재 내당에 얼굴이 되었다

바라보는 사이어서

거리가 있어서

서로 너무 잘 알았다

세상에서 가장 편안한 인사로

기다려 주는 수국

잠시 내가 누군지 물어보았다

매홀재가 무슨 의미인지

그날은 하나의 풍광이 되었다

걸어 다니는 맛

너희 집에 오면 걸어 다니지 않아서 좋아 아니 걸어 다니는 맛이 달라 괜히 집에 있으면 화들짝 나고 천불이 나서 매사 짜증이 나고 죽을 맛이야 하루에도 몇 번을 죽는 줄 몰라 움직일 때마다 열이 팍팍 올라 엉덩이 부딪치는 일밖에 없으니 그것도 모자라 뭐가 좋은지 집까지 다닥다닥 숨도 제대로 쉴 수 없어 잠은 사치가 되고 밤에 침대 삐꺽거리는 소리까지 잠이 올 수가 없어 별을 내려다보고 풀과 나무는 덤이고 밤마다 모기들이 쉴 새 없이 문을 두드리지 그래도 집이 높아서 달동네라는 예쁜 이름도 있어 운동은 덤이야 운동하기 싫을 때 억지라도 잠을 청하지 너희 집은 운동은 안 되겠다 관리비도 들어가고 그런 것은 우리 집이 좋아 이렇게 오랜만에 이야기하는 것도 처음이야 너를 보고 웃고 여기에 와야 웃을 수 있네 집이 아니라 친구가 좋아서 그런가 봐 너희 집에 오면 걸어 다니는 맛이 있어서 좋아 숨을 쉴 것 같아 매일 나는 닭이 되어 있어 때가 되면 울고 때가 되면 알을 낳을 듯이 밥을 하고 닭들이 쪼아대는 통에 내 몸은 남아 있지도 않아 그래도 너를 보면 할 말들이 생기고 때가 되어도 걱정이 안 생겨서 좋아 너희 집에 오면 사는 맛이 있어서 좋아 실컷 잠만 자고가도 좋아 그래서 좋아 나는 걸어 다니는 맛이 있는 집이 좋아 거기에 네가 살고 있으니 나는

말문이 트이고 사람이 달라도 웃는 모습이 같아서 좋아 너
라서 좋아 네가 있어서 걸어 다니는 맛이 좋아

당신이 만들어 놓은 아침을 먹었다

당신이 만들어 놓은
아침을 먹었다

아침에 따라서
그날 기분에 따라서
비린내가 나기도 하고
풀 냄새가 나기도 했다

밥 한 그릇을 비우는 동안
청춘도 사라졌다

그 많은 음식들이 오고갔고
맛을 말하지 않았다
주는 대로
싸우지 않고 배를 채웠다

창밖에 비가 내릴 때는
대파를 썰어 넣어
라면을 끓여 먹고
길고양이처럼

집을 빠져나온 적도 있다

살아오면서
무엇이 좋아, 물으면
길들여지고
만들어지면서 사는 게
식구 아니던가

집은 한가로우면서도
아침이 되면
개는 짖어대고
각자 바쁘게 집을 나선다

멀리 안 내다본다고

멀리 안 내다본다고 하면서
동구 밖까지
아무것도 안 가지고 간다고
그래 해줄 게 없다고
멀리 안 나간다고 하면서
두 마을 지나는 동안
어느새 큰 마실까지 따라오셨네
밥 굶지 말라고
집 걱정하지 말라고
매표소에 맡겨 놓은 짐 보따리
내어 놓으시네
반찬 냄새난다고 싫어하는
나를 위해
오래두고 먹어도 되는
마른반찬으로
미리 맡겨 놓으셨네
꽁꽁 묶은 보따리 속에
꼬깃꼬깃 접은 용돈도 있네
입 안에 맴도는 정미情味 한 톨
자꾸만 눈에 싹을 틔우네

이제는 다시 맛볼 수 없는 그리움
그 따뜻한 품속에
석달 열흘은 울고 싶어라

해외로 떠난 세탁소

엄동설한에
따뜻하게 품어 주었던 바지를
깨끗하게 씻겨서
줄도 세우고
폼도 입힐 요량으로
바지 네 개를 보내고
받아온 것이 네 개
하나가 이상해서 보니
길이도 짧고 색깔도 나이를 먹었다
세탁소에 가져가니
그럴 일이 없다고 한다
바지를 몸에 맞춰보니
그때서야 할머니가 빙그레 웃는다
나도 웃는다
장부를 보더니
그날 목사하고 둘이 옷을 맡겼다고 한다
똑같은 날
목사가 다녀가고 내가 간 것이다
옷을 확인도 안 하고 옷장에 걸어 둔 모양이다
갈 때마다 바지를 물어보면

할머니는 그냥 웃기만 한다
목사가 와야 된다고
어디에 계시냐고 물어보면
해외로 나가셨다고
언제 오시느냐고 자기도 모른다고
전화번호도 모른다면서
목사가 안 계시는 것은 어떻게 알았을까
아무래도 다가올 겨울에
자기 옷이 아니라는 것을 눈치챌 것 같다
바지 대신
시 한 편 얻었으니
나 또한 손해 본 것은 없다

돌아라, 선풍기

그 많은 바람을 어떻게 먹었을까
어디서 왔을까

바람에 바람을 잇는
그 길을 어떻게 찾았을까

끊어지지 않는
끊어지지 않게

원하는 만큼

당신이
누르는 만큼

예쁜 바람도
미운 바람도
사나운 바람도

선풍기가 돌려주는 바람은
소화도 잘 된다

배탈도
뒤끝도 없다

한여름
볼 것 못 볼 것
다 드러내 놓고 사는

부끄러움도 없이 아름답네

화진포 물 맑은 언덕에 이승만 별장이 있네 계단을 하나 하나 밟아가면서 옛날로 돌아가네 흐르지 못하고 갇혀 있는 물들이 새와 물고기를 키우고 있네 사람들은 그곳에 눈동자를 심어 놓았네 햇볕에 반짝이는 수많은 그림자들 뿌리에 닿지 않는 바람이 얼굴을 찡그리네 별장 아래 간이화장실 남녀 따로 붙어 있네 변기가 깨질 듯한 천둥번개소리 뒤에 들어간 저, 아가씨는 아니겠지 손을 씻는데 빨리 가자고 눈치를 주네 얼마 뒤 아가씨가 팔랑거리며 먼발치에 있는 남자친구에게 날아가네 아가씨가 나오지 않아 손도 못 씻고 나왔다고 실실 웃는 아내가 예뻐 보이네 그때가 좋을 때지 살다보면 방귀 트고 무심할 때가 정들어 가는 나이인 것을 화진포가 점점 붉어오고 어디 가서 뭘 먹을지 고민하면서 호수에 뛰노는 새끼 노을을 살갑게 만져보네

조고각하

　그 주막에 가면 마당 한가운데 막돌이 고개를 내밀고 있
지 크다면 크고 작다면 작은 앞 안 보고 걷다가는 발가락이
먼저 닿는 곳 돌이 눈엣가시인지라 뽑아 보려고 땅도 팠겠
지 고개 내민 것이 무릎보다 약간 높고 거시기만 한 게 얼
마나 우습게 보였겠어 힘 좋은 한량들이 취기에 뽑을 수 있
다고 기고만장 큰소리치기 일쑤였지 딱, 고만한 크기 그런
데 돌을 뽑으려고 파도파도 밑이 안 보이는 이것이 바위의
머리인지라 요놈도 세상이 궁금한 게지 자라같이 몸은 땅에
숨겨 두고 고개만 쏙, 내민 것이지 볼품도 없어 망치로 부술
까 생각하다가 어차피 여기 먼저 산 녀석은 그 돌이므로 하
루에도 몇 번씩 쓰다듬어 주고 보듬어 주니 빤지름하게 눈
도 생기고 귀도 생기고 고태미가 나는 것이 그 주막에 명물
이 된 것이지 주막은 잘 몰라도 무지막지한 돌은 기억하는
것이다 취중에 발가락 부딪혀 눈물 빼놓고 무릎 까여서 절
뚝거리고 취하여 몸 가누지 못하면 눈물 한바가지 쏟는 그
돌은 입을 가지지 않아도 수만 수천 개의 몸짓을 가지고 있
지 사람은 가고 주막이 사라져도 그 돌은 머리를 숙이지 않
지 발도 없어 발밑을 살피지 않아도 언제나 그 자리에 있지
온 몸이 걸어왔던 길인 것을 돌은 알고 있지

문득 쳐다본 것이 하늘이다

내 얼굴은 하늘 받침대
어디서 시작해야 할지
물어오는 구름의 입김

아, 그랬구나
내가 사는 곳이
어항 속이라는 것을

산은 수초
내가 숨을 곳
구름은 얼음의 숨골
푸른 하늘은 물

어항 속은 복잡해
서로 잡아먹듯이
눈만 커진 사람들

난간에 앉은 오후 여섯 시
물들이 잠시 출렁

모든 수의근을 움직여야
겨우 하루 빌어먹는 나를 위해
다른 생들이 가을의 건조처럼
쓰러져 갔으리라

이렇게 사는 게 아니잖아
하면서도
물끄러미 바라보면

해는 붉은 엉덩이를 흔들며
마지막 배설에 힘을 쓴다

비 맞을 준비

먹장구름이 긴 채찍으로
바람을 몰고 다닌다
놀란 나무들이 분주히 서로의 안부를 확인한다
새들도 낮게 날면서 땅의 지문을 읽어 내려간다
상처가 깊은 곳으로 모여 있는 바람을 건드리자
심기가 불편한 것인지 화를 낸다
나무를 발로 툭툭 차거나
손으로 마구 흔들어 댄다
집이며 골목이며
몇 차례 곤욕을 치르고 나서야
제 성질에 죽었는지
몸에 물을 뿌리기 시작한다
비를 맞는 준비는
풀과 나무 같아서
새색시가 따라 주는 합근주合졸酒 같아서
삿된 것을 씻어 주는 정화수 같아서
몸이 흠뻑 젖도록
나무처럼 서서 비를 맞이해야 한다
모든 구멍들을 무장해제 시키고
팔을 벌리고 하늘을 향해 크게 입을 벌렸다

치욕이
온몸으로 빠져 나갈 때까지

이발소에 가면

예전부터 낯을 튼
이상향이 벽에 걸려 있네
사람들이 가보지 못한 별유천지를
파리는 화장실로 쓰고 있네

고환을 장식으로 달고 다니는
친구의 쓸모없는 물건이라도
노모의 깊은 잠을 위해서라도
그곳에 풍경처럼 걸어 두고 싶네
없는 바람이라도
만들어서 흔들어 주고 싶네

이발소에 가면

그 아저씨
거울을 보며 빗질을 하시네
깎을 머리카락도 없는데
이발소에 다니시네

아무리 봐도

무주공산 가위질 같은데
한 올 한 올
신줏단지 모시듯이 가위질을 하시네

엿장수 엿가락 장단이 아니라
고이 모셔와
없는 머리카락도 만드시네

거울 속에
두 해가 번갈아 떴네
머리가 머리를 잡아먹네
해와 달의 뒷면을 여기서 보았네

눈부셔라
빛나는 머리보다
환하게 번지는 구수한 이야기들
아저씨도 이발소 사장님도
오늘 만큼은 세상을 다 가졌었네

머리카락도 없는데

머리에 거품칠도 하고
감을 머리카락도 없는데
머리도 감겨드리네

옛날 그분도
이곳에 와서 이발을 하셨더라면

집으로 가는 길이 뒤집혀 있네
세상이 걸어나오네
가만히 머리를 만져보네

이발소에 가면

뜬구름을 키우는 일

그는 뜬구름을 키우고 있다 대나무처럼 땅이 아닌 허공
에 뿌리내리고 자라는 구름을 보며 먹지 않아도 배가 부르
다고 한다 가끔 드문 일이지만, 누가 찾아오면 뜬구름 잡아
서 대접을 한다 얼마나 맛이 있으면 모두들 뜬구름 잡는 맛
이라고 한다 그 구름 속에 마을이 있는데 풍년일 때는 구름
속에 보이지 않고 흉작일 때 구름 한 점 없이 온 마을이 다
른 곳으로 떠나가고 없지. 그래서 말인데, 나는 한 번이라
도 마을을 다녀온 사람을 찾고 있어 주위에 많은 사람이 마
을을 다녀갔는데 아무도 나를 찾아오지 않아 내가 싫은지
세상이 싫은지 말도 없어 나도 더 이상 말을 할 수도 없지
뜬구름 잡는 일이지

오동나무에 깃든 것이

오동나무에 봉황만 깃드는 줄 알았는데
참새도 매미도 날파리도 날아드네
봉황은 아니어도
벌과 나비는 되어야지
오동나무에 주인이 어디 있으랴마는
오동꽃에 취해서
우듬지에 앉은 놈이 봉황이라 믿었는데
봉황의 깃을 빌려서
천장지구 붕정만리
세상을 읽고 싶었는데
아, 글쎄
겪어보니, 봉황이 아니라
꿀도 만들지 못하는 날파리었네
보라, 오동꽃을 덮어쓰고
봉황 노릇을 하고 있네
제 몸에 각인된 습성을 숨기고
낮에는 오동에 깃들고
밤이 되면 뒷골목을 찾아다니네
꼴에 날개가 있다고
으씨대며 날개짓을 하네

봉황이 깃든다는 오동나무 아래서
많은 사람들이 머물다가지만
오동 향기에 취해서
날파리를 봉황이라 믿고 따르네
죽어도 낫지 않는 병을
사람들은 저마다 하나씩은 가지고 있네
질 때 지더라도
향과 모습을 잃지 않는 오동꽃
날파리의 구린내를
오동나무만 알고 있네

시답지 않은 안정훈 시들의 시다움

이승하(시인, 중앙대 교수)

안정훈 시인의 시집 원고를 받고 뭔가 이상하여 출판사에 연락했다. 저자의 전화번호를 알아내 전화를 해보았다. 등단 경력이 없는데 어떻게 된 거냐고 물어보았다. 등단을 한 적이 없고, 어디에 투고를 해본 적도 없다고 한다. 예스24에 들어가서 2014년 12월 5일에 문학의전당에서 낸 첫 시집 『누군가 내 몸에 살다 갔다』의 소개 글을 살펴보니 거기에도 시인에 대한 소개가 아예 없다. 유종인 시인은 "문단의 주류에 편승하지 않고, 묵묵히 자신만의 언어를 되새김질해 온 안정훈 시인의 첫 시집"이라고 시집 소개는 했는데 개인 이력은 어느 귀퉁이에서도 밝히지 않았다. 등단한 적이 없는 시인. 문예지건 신춘문예건 투고해본 적이 없는 시인.

이런 시인이 있다는 것 자체가 너무나 기이한 일이 아닌가.

시를 죽 읽어보니 미등단의 이유를 알겠다. 이 시집에 수록된 그 어떤 시도 문예지 신인 공모에 내 당선될 만한 것이 없다. 수준 미달이어서? 그렇지 않다. 너무나도 확실한, 자기만의 개성을 갖고 있는 시인이기에 그렇다. 공모전에 내 당선될 만한 규격품을 지금까지 단 한 편도 쓰지 않은 고집이 놀랍다. 어떻든 내가 알고 있는 시인에 대한 정보는 경북 문경 출생이라는 것, 대구대 국어국문학과를 졸업했다는 것, 소래문학, 시흥문인협회, 한국문인협회 회원이라는 것이다. 한국문인협회 회원이라는 것은 뜻밖이다. 문학의 변방에서 외롭게 시를 써온 무명의 시인 안정훈의 시를 읽어보도록 하자. 일단 제일 앞 페이지에 있는 시인의 말을 들어본다.

시인의 말이/ 따로/ 어디에 있겠는가?// 부족함을 알면서도/ 시를 썼다// 시답지 않게

시인의 말부터 좀 삐딱하다. 스스로 시인으로서의 자질이나 능력이 많이 부족함을 알지만 시를 썼다, 그런데 내 시는 시답지 않을 거라고 말한다. 과연 시다운 시일까 시답지 않은 시일까.

어린 풀들이
철들기 전에 눈을 맞추네

들킬세라
인간들이 오기 전에

무서움 속
빨리 배운 사랑

—「풀의 생존법」 전문

잡초의 생명력을 예찬하고 있는 듯하지만 한국 시단에서 시를 끈질기게 쓰고 있는 시인이 기존의 관습을 깨드리고자 쓴 시라고 볼 수도 있다. 학연, 지연, 등단지면연, 문학 단체연으로 울타리를 쌓고 활동하는 기성 문인에게 경종을 울리는 "무서움 속/ 빨리 배운 사랑"이 의미심장하다. 이어지는 시들도 짧다.

굴비처럼
엮여 있는 배들

오늘은
물고기들이
편히 자겠구나

—「태풍 부는 날」 전문

도둑질하지 마라

밥그릇에 돈을 넣어 주신다

먹고사는 게
밥숟가락 드는 일이므로

밥뚜껑 여는 손이 예쁘다

―「밥그릇 용돈」 전문

앞의 시도 뒤의 시도 생존 즉, 목숨을 부지하는 문제에 대해 생각하게 해준다. 태풍 부는 날 출항하지 않은 배들 덕분에 목숨을 연장시킨 물고기들과 밥그릇, 밥숟가락, 밥뚜껑의 거룩함에 대해 독자에게 생각할 거리를 제공해준다. 이런 시는 투고작이 될 수 없고 당선작이 될 수 없다. 역대 당선작들을 참고해 틀에 맞춰 쓴다는 것은 시가 붕어빵이 된다는 것이고, 심사위원의 취향을 염두에 둔다는 것은 내 개성을 죽이는 것일 수 있다. 안정훈 시인에게 그런 행위는 용납할 수 없는 일이다. 이제 조금 긴 시를 보자.

살아 있는 것을
다 예뻐하라

오죽하면
희랑대사가
가슴에 구멍을 냈겠는가

잃어버린 얼굴로

어제의 옷을 입고

오늘을 살고 있는 당신

희랑대에 가면

늙지 않는 천년

참나를 만날 수 있다네

―「그냥 사는 게 삶이라면」 전문

　희랑대사(希朗大師)는 신라 말에서 고려 초에 활동한 승려
다. 국보 제333호인 합천 해인사 건칠희랑대사좌상은 현존
하는 우리나라의 유일한 초상 조각으로 화엄종의 진리를 무
언의 형상을 통해서 지금까지 천년 넘게 끊임없이 설법하고
있는 최고 걸작이다. 해인사에 가서 희랑대사 초상을 보고
온 시인은 하루하루 열심히 사는 것이 도를 닦는 것이라는
깨달음을 얻고 온다. 이런 고차원적인 시도 좋지만 해설자
가 특별히 좋아하는 시가 있다.

한몸이었을 때 몰랐네

서로에게

불편하고

아무 쓸모없는 것이라고

찢어지고
쪼개지고
갈라설 때까지

둘이
한 방향으로
한곳을 잡을 때

모든 것이
함께라는 것을

—「나무젓가락」 전문

우리는 분식집에 가서 나무젓가락을 분질러 김밥도 먹고 우동도 먹는다. 나무젓가락이 두 개로 나눠지기 전에는 아무런 역할도 하지 못하지만 분리되어 자기 몫을 하면 비로소 협동하여 "모든 것이/ 함께라는 것"을 알게 한다. 시인은 이처럼 일상에서 시의 소재와 주제를 취하는 방법론을 구축하고 있다. 그의 시 가운데 추상화는 없어 보인다. 「석류」, 「오이도에 가면 빨간 등대가 있다」, 「몸이 자꾸 나를 멀리할 때」, 「누가 나를 버리고 갔으면 좋겠다」 등이 다 그렇다. 나날의 삶이 소재가 되고 소박한 꿈이 주제가 되는 것이다. 시인 나름 유머 센스를 발휘하기도 한다.

갈 때까지 간다는 갈대와

억수로 기가 센

바람의 내상內傷까지 따뜻하게

읽어 내려 가다가

그만 정들어 그곳에 산다는

억세고 억세서 억새는

바람을 달래주려고

멀리 마실 간 바람을 쫓아서라도

도린곁까지 따라 간다는데

날 좋고 볕 좋은 날에도

무녀리같이 하늘하늘거리며

산다는데

억새의 살찐 흔들림에 반해서

숫눈 같은 배꼽 위를 걸어가면서도

억새를 갈대라고 여기며 살아온

시불출詩不出도 있었다네

—「바람의 손질법」 전문

무녀리는 '태로 낳은 짐승의 맨 먼저 나온 새끼'라는 뜻과 '언행이 좀 모자라서 못난 사람의 비유'라는 두 가지 뜻이 있는데 이 시에서는 후자를 취했다. "갈 때까지 간다는 갈대"와 "억세고 억세서 억새", "무녀리같이 하늘 하늘거리며" 같은 표현은 말의 음상을 이용해 재미를 주지만 "억새의 살찐 흔들림에 반해서/ 숫눈 같은 배꼽 위를 걸어가면서도/ 억새

를 갈대라고 여기며 살아온/ 시불출詩不出도 있었다네"에 이
르면 시인의 자조 섞인 탄식 같기도 하다. "서점이지만 문구
점 같은/ 시집 코너에 나의 시집은/ 당연히 없겠지만/ 낯익
은 시인의 시집만/ 몇 종류/ 잘 팔리는 가벼움"(「당연히 없겠지
만」) 같은 구절에도 무명 시인의 설움이 얼비친다.

　제2부의 시편은 동물들에 대한 관찰기록부라고 해야 할
것이다. 그런데 한 편 한 편이 다 생명에 대한 고찰이고 인
간에 대한 성찰이다. 우선 제일 앞의 시부터 보자.

　　미끼 없이 잡는 게

　　오징어라는데

　　제 살을 되게 아껴

　　낚싯바늘에 살짝만 걸려도

　　따라 나온다는데

　　그 많은 다리 하나

　　게처럼 떼어줄 수도 있을 것 같은데

　　집어등 불빛에 모여들기도 하고

　　예민한 피부 탓에

　　기꺼이 온몸을 던진다는데

　　그래도 배운 것이 있는지

　　머리에 먹물이 가득

　　죽어서도 제 몸 추스르지 못하고

　　무슨 전생의 업이 그리 큰지

　　꿰이고 난도질당하고

그 모진 삶이 묻어나온다
살이 무엇인지
살 때문에 죽어 가는
오징어를 본다

—「오징어」 전문

오징어와 문어는 같은 과이지만 이 시에서는 "머리에 먹물이 가득"이라고 했으므로 문어(文魚)라고 하는 것이 낫지 않았을까. 양반들은 제삿상에 문어를 올리면서 文을 아는 고기를 올려 내심 뿌듯해했다고 한다. 어떻든 오징어는 제 살을 되게 아껴서 낚싯바늘에 살짝만 걸려도 따라 나온다고 한다. 그리고 "죽어서도 제 몸 추스르지 못하고/ 무슨 전쟁의 업이 그리 큰지/ 꿰이고 난도질당하고/ 그 모진 삶이 묻어나온다"고 하니 이 무슨 기구한 지식인의 운명인가. 시인의 팔자인가. "살이 무엇인지/ 살 때문에 죽어 가는" 오징어를 보고 시인은 동병상련을 느낀다.

한편 지렁이는 비가 오면 땅 거죽으로 기어 나오는데 햇볕이 쨍쨍 나면 땅속으로 들어가지 못하고 있다가 말라 죽는다. "비가 그치면/ 수만 마리 개미들을 위해/ 뼈도 없는 저" 지렁이가 "연약한 삶을 내려놓는다."고 묘사했다. 지렁이들이 살신성인(殺身成仁)을 이룬 것이다. 먹느냐 먹히느냐 살벌한 적자생존의 현장에서 제 몸을 보시하는 지렁이의 운명이라니. 닭 한 마리의 운명을 다룬 시도 감동을 준다.

뽀얀 먼지 속 닭장차가 지나가며
자갈돌이 날아와 복사뼈에 부딪혔다
눈물 쏙 빼놓고 가는 뒤꽁무니에
욕 한 바가지 쏟아 놓는데
툭, 닭 한 마리가 떨어진다
절뚝거리며 불러도
차는 덜컹거리며 달린다
닭은 어안이 벙벙한지 도망도 못 간다
닭을 들고 학교 대신 집으로 갔다
어차피 학교에 가도
뭘 배우는지 모른다
그 닭은 우리 집에 와서
더 오래 살다 갔다

—「닭 한 마리」 부분

무척 재미있는 일화다. 며칠 내로 죽어야 할 운명에 봉착해 있던 닭 한 마리가 닭장차에서 떨어져 어린 화자의 집에서 한동안 같이 살게 된 모양이다. 그런데 시는 여기서 끝나지 않는다. 돌아가신 부모님의 묘소를 떠올린다. 닭과 나, 두 생명체를 품어주었던 두 분이 계셨는데 이제 땅 아래로 가서 산 하나를 품고 사신다.

복사뼈는 복숭아처럼 익어 가는데
자갈길 미루나무

사람도 없는 그 길에

아버지도 어머니도

산 하나를 품고 사신다

―「닭 한 마리」 부분

닭 한 마리의 단순한 습득이 아니라 생명체의 운명과 인연에 대한 철학적 명상에까지 유도한다. "무덤이 내놓은/ 성긴 풀들이/ 마지막 성찬이 아니기를/ 나는 얼마나 빌었던가"(「노루는 산을 보고」), "사자가 다가온다/ 네가 좋아서 오겠니/ 뛰어봤자 얼룩말/ 제발 날아라"(「얼룩말」) 같은 시를 보면 약육강식의 법칙이 엄존하는 생태계를 다루고 있음을 알 수 있다. 쥐를 다룬 2편의 시를 보자.

아직 눈도 뜨지 못한

속이 들여다보이는 붉은 살갗

두 손을 꼭 쥐고

웅크린 모습이

엄마의 품속에 잠든

아기의 모습이다

어미쥐가 먹이를 구하러 갈 때

어린 새끼의 잠을 재우는 바람

살랑살랑 풀을 흔들어 준다

때에 따라 가려진 풀잎이 입을 벌리면
따스한 햇볕이
감겨진 눈을 살포시 만져준다

새끼 기지개에
화들짝 놀란 햇살이
저만치 돌아서면
배를 채운 어미쥐가
젖을 물리려 돌아온다
눈을 달고 살면서도
귀가 더 요긴하다

네 발에는 언제나 뛸 준비가 있다
―「쥐의 눈에서 봄을 읽는다」 부분

천장이 무너지고
쥐똥 몇 말이 쏟아져 내려
사람을 불러 치우고 수리하는데
꼬박 하루가 걸렸다고 한다

그러고 보니
어머니가 주무신 사랑채 천장이
쥐들의 화장실이었다
―「쥐들도 잠을 잊은 밤」 부분

쥐들도 인간처럼 포유류이다. 새끼에게 젖을 먹여야 한다. 하지만 생존은 결코 쉽지 않다. 늘 주변의 동태를 살펴야 한다. 언제나 달아날 준비를 하고 있어야 하는 긴박한 시간. 처절한 생존 전략. 하지만 사람이 이와 무엇이 다른가. 쥐도 먹고 똥을 누고 자고 논다. 새끼를 낳고 돌본다. "추운 날 직박구리 감에 입을 대네/ 금슬이 좋아 혼자 먹지 않네/ 온 식구들이 식사하는 동안/ 눈시울 붉어지는 하늘"(「그곳에도 새가 사네」)은 삶을, "개는 목청을 앞산에 버려두고/ 염소는 말뚝만 남겨 놓았다/ 밤새 어린 새끼가 음메음메/ 슬픈 눈을 가진 것들은 별이 되었다"(「한여름 그렇게 그들은 떠났다」)는 죽음을 다루고 있다. 목숨을 부지하고자 애쓰는 것들이 시인의 눈에는 예사롭게 보이지 않았던 것이다. 하지만 인간은 육식 동물인지라 고양이는 먹지 않지만 개는 잡아먹는다. 어쨌든 인간과 가장 가까이에서 살아가는 고양이는 「착각」, 「추억이 멀다」에, 개는 「개와 동침」, 「개꿈」에 나오는데 이들 동물에 대한 시인의 연민의 정과 측은지심이 차고 넘친다.

제3부는 시인의 자전적인 내용으로 이루어져 있다. 꼭 경험담이 아니라 상상이 가미되어 있다고 하더라도 유년기와 성장기의 추억담으로 수놓은 시편이라서 사실적이고 구체적이다.

　그의 아내는 술만 마시면

고함치며 욕을 한다

모질게 오래 산다고
물귀신은 뭐 하냐고

술이 깨면
언제 그랬냐고
나란히 사이좋게 다닌다

물가에 노는 아이가
돌아올 때까지

—「세상은 눈치가 없다」 부분

　지인의 경우일 것이다. '그의 아내'가 너무 멋지다. 이런 잔 다르크 같은 여성상은 우리 시에 거의 등장한 적이 없었다. 시에서 할머니가 등장하는 「길을 걷다가」나 형님이 등장하는 「이제 봄이다」 같은 시도 흥미롭게 읽었지만 조강지처가 죽자 새로 만난 여인을 조강지처의 무덤 앞에 데려가 인사시키는 시가 눈길을 끌어당긴다.

　그가 왔다
30년의 이야깃거리를 가지고
아무도 울어 주지 않았다
눈물이 많은 사람들은

그가 오기도 전에

지옥이라도 갔을 것이다

그는 자기가 울 만큼의 눈물을 가지고 왔다

혼자 울었고

함께 살았던 늙은 누이가

인사치레 안부를 물었다

입은 열리지 않았고

죽은 마누라 무덤에서

새로 데리고 온 여자를 인사시켰다

왜 죽었는지, 아는 사람은

자신밖에 모른다

그는 떠날 것이고 떠나갔다

이틀치의 슬픈 추억거리만 남겨 놓고

여자의 손을 잡고 떠나갔다

조강지처의 무덤에서는

마을이 보이지 않았다

—「그가 왔다」 전문

 '그'라는 인물이 참 이상하다. 새로 데리고 온 여자를 죽은 마누라 무덤 앞에 데려가다니. 30년은 그가 조강지처와 산 기간인가. 그녀가 죽은 이유도 그밖에 모른다고 한다. 왜 한 사람의 죽음 앞에서 아무도 울지 않은 것일까. 또 "조강지처의 무덤에서는/ 마을이 보이지 않았다"는 것은 무슨 뜻일까. 이 모호한 시는 독자에게 알아서 해석하라고 밀쳐 버렸지만 이탈리아의 화가 모딜리아니가 죽자 만삭의 몸으로 투신자살한 잔느 에뷰테른의 이야기를 쓴 「그를 위하여」에서는 그런 모호함을 싹 거둬가 버린다. 누이들이 나오는 「사람이 자리다」, 어머니가 나오는 「수건」, 할머니가 나오는 「잠자는 요양원」 등에도 애잔한 슬픔이 배어 있다. 가족이란 모두 사별을 전제로 하여 한 공간에서 일정 기간 같이 사는 존재일 터이니. "이제 필요하지 않은/ 아버지의 시간들이/ 나에게로 왔다/ 얼굴에 겹쳐서/ 새로운 이정표가 되었다"(「손목시계」)고 하는데, 아버지가 돌아가신 뒤에 아버지의 손목시계를 버리지 못하고 10년 세월이 다 된 지금까지 간직하고 있는 해설자의 경우를 생각해보니 더욱더 실감 나는 시이다.

제4부는 이웃 사람들에 대한 관찰기록부라 할 수 있다. 사람들이 살아가는 모습을 보면 참 다양하다. 시인은 그들의 모습을 글로 그린다.

지하철 안에서
떠드는 소리
애들인 줄 알았는데
낮술에 취한 할머니 할아버지

산에 다녀오시는지
할아버지는 배낭을 메고

할머니는 부츠를 신고
할아버지보다
더 신나게 이야기한다

산에 가기는 갔을까
어느 산에 올라갔을까
남을 의식하지 않고
바라보며 떠들어 대는

할아버지가 내리고
아뿔싸,
할머니는 몇 정거장 더 가는 동안
어디에 전화를 하고
화색이 되어
말끝마다 웃음꽃이 피었다

할머니가 내리자
전철이 소리 내며 달린다

사람 따라 타고 내리는
사랑도 갈아타면서 내리는
목적지 같다

—「늙은 사랑」 전문

두 사람은 같이 내리지 않는다. 할아버지가 먼저 내리고 할머니는 어디에 전화를 하고, 낯빛이 화색이 되어 말끝마다 웃음꽃이 핀다. 시인에게 이웃은 "그래도 아직, / 난로 같은 마음이 남아 있어/ 안으로 다독이며/ 따뜻한 안부를 묻는 사람들"(「성냥갑 속의 성냥들」)이다. "모여 살아야 사는 맛이 있다고 했다"(「매흘재에 사는 수국」), "그래도 너를 보면 할 말들이 생기고 때가 되어도 걱정이 안 생겨서 좋아"(「걸어 다니는 맛」)한다는 시에서도 정 많은 장삼이사에 대한 긍정적인 시각을 엿볼 수 있다. 머리카락이 거의 없는데 이발소에 가는 사람의 심리는?

그 아저씨
거울을 보며 빗질을 하시네
깎을 머리카락도 없는데
이발소에 다니시네

아무리 봐도
무주공산 가위질 같은데
한 올 한 올
신줏단지 모시듯이 가위질을 하시네

—「이발소에 가면」 부분

아마도 그 아저씨는 이 이발소의 오랜 고객일 것이다. 때가 되면 얼마 남지 않은 머리카락이지만 단정하게 손을 보려고 이발소에 가고, 이발소 주인은 오랜 고객의 머리카락을 한 올 한 올 신줏단지 모시듯이 가위질을 하는 것인데, 이 두 사람은 오랜 세월 정이 든 이웃사촌이다.

세탁소에 바지 네 개를 맡겼는데 그중 하나가 다른 사람의 것과 바뀐 경험이 시가 되기도 한다. 그 바지를 맡긴 사람은 목사인데 해외로 가버려 잃어버린 바지를 찾을 길이 없다.

갈 때마다 바지를 물어보면

할머니는 그냥 웃기만 한다

목사가 와야 된다고

어디에 계시냐고 물어보면

해외에 나가셨다고

언제 오시느냐고 자기도 모른다고

전화번호도 모른다면서

목사가 안 계시는 것은 어떻게 알았을까

아무래도 다가올 겨울에

자기 옷이 아니라는 것을 눈치챌 것 같다

바지 대신

시 한 편 얻었으니

나 또한 손해 본 것은 없다

—「해외로 떠난 세탁소」 부분

이 시에서도 이왕 이렇게 된 것 어떻게 하랴 하는 긍정적인 시각이 느껴진다. 한 시대를 같이 살아가는 사람들을 동시대인이라고 한다. 전후 세대는 전후 세대의 공감대가 있고 사일구 세대는 사일구 세대의 공감대가 있다. 2020년대를 살아가고 있는 서민들은 서민들 나름의 공감대가 있다. 여당과 야당은 공감대 없이 으르릉거리고 있지만 서민들은 이렇게 정겹게 더불어 살아가는 것이다. 동시대인의 애환을 다룬 시도 있지만 가족은 이상하게도 남남 같다. 하지만 서로 반목하지 않고 무덤덤이, 정이 있는 듯 없는 듯 살아간다. 따로 또 같이.

어슴푸레 부엌이 분주하다

냉장고가 연신 하품을 한다

온다는 자식들은 오지 않고

전화를 건다

우리 집 전화기는 너무 무뚝뚝하다

늦은 저녁

있는 반찬으로 하루를 반성한다

"밥이 완성되었습니다. 잘 저어 드세요."

자식보다

더 살가운 밥솥이다

—「밥이 익어 가는 저녁」 부분

　전기밥솥이 말을 해준다. "밥이 완성되었습니다. 잘 저어 드세요." 하고 친절하게 말해주는데, 온다는 자식들은 오지 않는다. 전화를 혹간 하더라도 용건만 간단히, 한두 마디면 끝난다. 자식보다 더 살가운 게 밥솥이다. 하지만 때로는 "온 식구가 달라붙어 마늘을 깐다", "손이 아프다/ 까고 쪼개고/ 썩은 부분을 도려내고// 이제 누구의 품으로/ 한 생을 살려 간다"고 아쉬움을 토로하기도 한다. 會者定離, 만나면 헤어지는 것이 인간관계가 아닌가. 가족관계가 아닌가. 가족도 이웃사촌도 동시대인도 다 헤어지게 마련이지만 이 세상에 시는 남는다. "비에 젖은 내일/ 책에 모종을 심어야겠다"(「책 젖는 저녁」)고 했으니 안정훈 시인은 평생 손에서 펜을 놓지 않을 것으로 본다.

　자, 이제 처음에 했던 질문으로 돌아가 보자. 안정훈 시인의 시는 시다운 시인가 시답지 않은 시인가. 이 질문에 대한 해답은 독자들이 이미 내리고 있을 것이다. 세부적인 곳으로 파고들면 시마다 어색함이나 무뚝뚝함도 느껴지지만 앞으로 더욱 치열하게 자신과 싸움을 전개하는 과정에서 극복해 나가리라고 생각한다. 아직 한 번도 만나본 적이 없고 전화통화 딱 한 번 한 인연이 다인데 해설자의 시집을 한두 권은 읽었기에 천년의시작에 이승하 시인의 해설을 받고 싶다고 얘기했을 것이다. 그 시집명을 만나면 물어보고 싶다. 수원에 가면 밥 한 끼 사주려나?